천상의 소리

천상의 소리

백성 제2 시집

문학나무

백미러

시속 200km로 달려왔다

문득
되돌아본
뒷풍경이 애잔하다

쉬임 없이
달려왔어도
멈출 수 없는 일상

가속과 정지 페달의 거리는
지척이지만
거울 속에 비치는 환희와 회한의

그림자는 실제보다 너무 크고 멀다

멈출 수 없다면
순간 속에 살아 있는
오욕과 영광을 가늠해 줄

그런 백미러 하나
걸어야겠다
버거운 등짐 위에

2021년 이른 봄에
백 성

차례

제2부
이것 하나면 천국

제3부
사랑 그리고 이별

제4부
시로 쓰는 이야기

해설 _ 이인선 시인. 문학평론가

제1부
살다보면

한 마리 산새가 되어

아무도 사랑하지 않고
무엇도 가진 것 없는
그래서 오직 마음이 자유로운

벌레도 잡지 않고
잡은 벌레는 절대 먹지 않는
오직 이슬과 꽃잎만 먹고 사는

누구도 쳐다볼 일 없고
무엇에도 쓰일 일 없는
한갓 미물에 머물지라도,

자유를 위해
무연無緣의 고독을 위해
창공을 나는 한 마리 산새처럼
구름 속 한 점點으로 살고 싶다

늙은 나비의 변

꽃을 사랑했습니다

꿀은 더욱 사랑했습니다

한때 색과 향에 빠진 적도 있습니다

그러나 그것의 부질없음을 안 이후,

말없이 떨어져 간 잎들이 좋아졌습니다

어느 날

비바람 휩쓸고 지나간 자리

잎 떨어지고 목 꺾인 꽃을 조문하러 갑니다

피는 꽃보다 지는 잎들이 더 아름다웠다고

〈

온 자리로 제 몸 돌려주고 간 잎들을 보면

어린 고향

비 그친 저녁

똑똑 창문 두드리는 소리
누구인가 이 시간 날 찾는 사람
문 활짝 열어 목 길게 빼면
아무도 없고

물기 가득 담긴 바람 한줄기
눈으로 와락 달려든다
이 바람은 어디에서 오는 것인가
가슴에 남아있는 내 물기를 기억하고 오는

— 울음이 태어난 곳
걷는 것을 처음 배운 곳
발자욱이 생기고 그 발자욱 따라
후회를 배웠던 그곳

바람의 등줄기를 타고
오는 곳 찾아나서면
어느새 짓무른 두 눈에 들어와 앉아있는
모래밭 벌거숭이 소년 하나

어쩌면 내일 아침
비바람 휘젓고 지나간 자리
설익은 낙과 몇 개 주울 수 있으려나

천상의 소리

밥 먹자
부르는
할미의 고함소리

새끼들
목구멍으로
밥 넘어가는 소리

스르르
눈이 감기는
어미의 자장가

그리고 꿈속
광야를 달리는
애비의 말발굽 소리

승천昇天

서쪽 하늘

붉은 노을에 걸린
금빛 고가 사다리

이 저녁
누가 승천하시는가

기계 울음 속
이삿짐같이
관 하나 내려오신다

하관 후
다시 접히는
고가 사다리

요게벳*을 위한 진혼곡

  수국이 가득 담긴 꽃병 하나가 베란다 창가에 놓여
있다
  빨랫줄에는 물이 뚝뚝 떨어지고 있는 낡은 배낭 하
나

  방안 가득 넘치는 석유 냄새
  불을 댕기면 후루룩 타오를 것 같은 인화성 공허감
  종일 물속에 잠겨 있던 남색 배낭 생각뿐

  조금 열린 베란다 창밖으로
  하교하는 아이들의 배낭 맨 모습이 보이고
  까르르 던진 웃음 날아갈 듯 대문 나서던 그 애 뒷
모습

  사흘 전
  비가 낮게 뿌리는 팽목항 부두 한켠
  부유물 센터 천막에서 그 애를 만났다

수학여행에서 돌아와 물이 뚝뚝 떨어지는 모습으로
내 앞에 선 기름 묻은 배낭 하나
웃으며 넣어주었던 주황색 물병과 함께
병 주둥이에는 아직도 그 애의 입술이 남아 있었다

밤이면 풍성한 수국 대신
눈물이 가득한 물병으로 돌아와 앉아있는
내 새끼

---

*요게벳 Jochebed. 자식을 상자에 넣어 바다에 띄운 모세 어머니. 아므
  람의 아내

살다보면

아파트는 낮은 것이 좋다

높은 것은 보기는 좋아 보이지만
이런 눈치 저런 눈치 안 보고
제 발로 걸어 오르고 내려올 수 있는
낮은 것이 좋다

낮은 곳에 살면
살며시 부는 바람에 나뭇잎 흔들리는 소리도,
한여름밤 풀벌레 흐느껴 우는 소리도,
까르르 까르르 놀이터 어린아이의 웃음소리도
곁에서 들을 수 있어 좋다

그러나
뭐니 뭐니 해도 정말 좋은 것은
코끝을 파고드는 푸릇푸릇한 흙 거름 냄새와
손에 잡힐듯 가까워서 더 잘 보이는 오월의 감꽃

그 눈부신 노란색이다

교만하지 않아서 좋다

지금은

한창 젊을 때는
이 세상엔 갖고 싶은 것도
보고 싶은 것도
참 많다고 생각했다

그러나
머리에 하얀 서리 내리고
강물이 몇 구비 흘러 간
지금은

다른 어떤 것
다 부질없는 것이고
물처럼 공기처럼 꼭 있어야
하는 것 하나

끝까지
마주 앉아

도란도란 얘기하며

밥 같이 먹어줄 사람 하나

발톱 깎기

발톱을 깎고 머리를 자르고
수염을 깎고 손톱을 자르고

잘라내 버리면서도 나는
그것들과의 인연에 대해 아는 것이 없다

어디에서 와서 무엇을 하고 있었는지
나를 위해 함께 살았을 텐데
이리 쉽게 버려도 되는 것인지

비명悲鳴도 유언도 없이 버려진
한때는 내 몸이었던 그들이
어디선가 과거처럼 썩어지고 말겠지만, 나는
소리 없이 썩어 가는 내 지난날이 몹시 두렵다

잘려진 몸의 흔적이 몇 대를 거슬러
어둔 과거의 단서가 되기도 한다는데

혹시 버려진 비밀들이 이빨이 되어 돌아와
내 어느 부위를 오싹, 물어뜯지는 않을까

튀어 달아나는 단서들을 하나하나 줍는다
은박지로 꼭꼭 싸고 노끈으로 묶어서
아무도 모르게 땅속 깊이 심어준다.

왔다 간 7월
— 고성 화진포에서

파도처럼 밀려온
칠십 세월
하얗게 드러난 마른 모래톱

끝없는 내리막길
멈출 수 없는 발걸음

소주 한잔 털어 넣고
털썩 주저앉은 갯바위 끝

낭떠러지 만나도
원망하지 말고 조금만 더 가자
어차피 손 내밀어도 잡아줄 이 없다면

비바람보다는
외로운 모래길
그 사막이 낫겠지

편지 1
— 녹원 선생께

청상清賞하라며 보내주신 시집을 잠시 접고
눈 내리는 창밖을 내다봅니다

"반세기 전 떠난 여인
유리창에 스쳐 가고
그들의 2세들도 손 흔들고 지나가고
차 한 잔 들다 밖을 보면
우산 쓴 나도 지나가고……"

숱한 사람들 숱한 발길이 뽀드득 밟고 가는
저 눈길 위로 지난 시간이 달려옵니다
그러나 곧 녹아 내리겠지요 흔적도 없이

고맙습니다 잊지 않고 계심에
아직 건재하심을 뵈니 무척 반가웠습니다
이 겨울, 아프지 마시길 빕니다
– 백성절

편지 2

며칠 전
성복천 가 자주색 접시꽃이
장마통에 떨어져 비에 젖어
울고 있는 것을 보았습니다

마지막 공연 끝내고
내려다보며 눈물 떨구던 당신의
자주색 발레 슈즈가 왜 그때 생각났는지

잘 지내시지요?
무소식이 희소식이겠지요
나요? 뭐 그럭저럭

한때 사랑했던 사람들의 목소리도 잊고
세상을 떠돌던 바람이거나 아지랑이처럼
증발해 버린 듯 사라져 버린 듯
그렇게 조용히 지내고 있습니다

〈

한 번 더 개울에 나가 봐야겠습니다

불어난 개울물 소리가
어쩌면 다시는 만날 수 없는
당신의 근황이라도 전해줄 것 같아서

축, 외출
— 남복회 벗들에게

혼자이다가,
문득 웃고 싶어지면
옛 친구들이 생각나고

한바탕 웃다가 돌아서면
다시 울고 싶어지는 마음이

그렇게 살아왔고
또 그렇게 살아갈 석양인데

몇이나 남았나
그 친구 다 놓쳐 버리면
어디 외출할 곳이나 남아 있을까

캄캄한 세상,
추억할 일도
알아줄 이도 아무도 없을 텐데

자연스러워 얼마나 자연스러워

토요일 오후,
성복교 난간에 비스듬히 기대어
사진 찍는 노인 넷

멀리 느티나무 거목도 보이고
콸콸 흐르는 성복천 냇물 위
오리 새끼 몇 마리 둥둥 떠가고

검은 선글라스에 부동자세
틀림없는 사관학교 출신이고
남방셔츠 앞 단추 조용히 여미는
왕년 초등학교 교장 선생님,
삐딱하게 기대서서 소매 바짝 걷어 올린 이
보나 마나 옛날 민완 기자 출신이다

쪼그리고 앉아 핸드폰 들고
요리 저리 손짓하며 각도 찾는 이는

한때 유명 건물 짓던 건축가 출신 분명하고

휘익 바람이 선글라스 모자를 뺏어 달아난다
번쩍번쩍 거울처럼 빛나는 민머리
순간 찰칵 찰칵! 깜짝 놀라 오리 떼 하늘로 높이 날
아오른다

찍었어, 어째 하필 요런 때 찍나
괜찮아 그래도 좋잖아 얼마나 자연스러워
어때 이걸 합동 영정사진으로 한번 써 볼까
살아 있는 듯이 팔팔하게 보이잖아 살아 있는 듯이

배경으로 찍혔을 키 큰 자주색 접시꽃이
저만큼에서 킥킥거리며 돌아선다

그럴 줄 누가 알았겠나

내가 뭐라든
처음부터 그것은 안 된다고
괜한 공력 쓰지 말라고 여러 번 말했지

노을이 고추의 붉은 주름을 말아 올리는 늦은 8월
사립 어슬렁거리는 검둥이 포실한 뒷다리 보며
복날 생각나 군침 흘리는 것,

이제 겨우 발그레 물들기 시작하는 감잎
그 틈 사이로 보이는 땡감이 욕심나
긴 작대기 찾아 이리 뛰고 저리 뛰는 것,

처삼촌 성묘 길 위해 칭칭 동여맨 칡넝쿨이며
바람에 고개 젓는 간지러운 개망초 싹둑싹둑
목 치고 허리 잘라 훤하게 길 내는 것,

급할 때 쓰려고 한여름 가두어 논 물둠벙

병든 애비 몸보신한다고 미꾸리 몇 마리 잡으려
물꼬 허물고 아까운 물 무심히 흘려보내는 것,

한밤중
짝 찾아 신명껏 우는 여치가 시끄럽다
아예 재갈 물리고 문 섶 가까이 오지 말라며
굵은 다리 하나 뚝 분질러 버리는 것,

그러나 저러나
큰물 찬바람 한 번에 이것들 모두 떠내려 가버렸으
니

그럴 줄 누가 알았겠나?

식어가는 것이 어디 찬밥뿐이랴

잔뜩 흐린 하늘이었다

제주에는 태풍이 상륙했다지만 여기는 아직 비소식
도 바람도 불지 않았다

아내의 외출로 집에 혼자 있었다 이것저것 할 일도
있었으나 너무 더워 하고 싶지도 할 힘도 잃었다 갈
곳도 없고 찾아오는 사람도 없고 전화도 문자도 한 통
없었다 온기도 끈기도 식어버린 찬밥 같은 하루 종일
심심하고 권태로웠다

점심을 찬밥으로 대충 때우려 했으나 아내는 찬밥
만들기가 새밥 짓기보다 더욱 어렵다고 투덜댔다 식
은 밥보다 오히려 냉동 밥 만들기가 쉽다고 했으나 얼
음 밥은 차마 들 수 없어 두리뭉실 뭉쳐 오븐에 넣었
다 옛날 시렁에 목을 매고 대롱대롱 매달렸던 어릴 적
내 어머니의 찬 보리밥 소쿠리 생각이 나 잠시 아득했
으나 지금은 그때가 아니란 걸 오븐 경고음이 즉시 알
려주었다

〈

저녁에는 월드컵 축구가 있어 모두가 분주했다 손주마저 그리 바쁜지 한 번도 나를 찾지 않았다 전자화된 현대 축구는 발 대신 화면 판독으로 차서 1:0으로 졌다 명백한 게임 증거물 앞에서 선수들은 고개도 못 들고 잔디밭에서 끌려나와 죄인처럼 투옥됐다

같은 시각 일본 오사카 시에 6.1의 큰 지진이 있었다고 전해졌으나 이곳은 멀쩡했다 차츰 강해지는 바람의 예비구령에 나무들이 일제히 부동자세를 취하며 예를 갖췄으나 일본의 일은 언제나 묘한 위안이 되었다

늦은 밤 '후루룩' 바람이 빗방울 몇 개를 실어 왔으나 나뭇잎도 땅도 젖지 않았다 다만 오랜만에 전화 대신 문자로 옛 동료의 부고 하나가 도착하여 스스로 입력됐다 잠시 심심함은 덜었으나 반가울 수만은 없었다 잠을 청했을 때 번개가 번쩍하고 영화 촬영처럼 방 안을 휩쓸고 지나가 찬밥의 누추가 환히 드러났다 부끄러웠다 창문이 흔들리기 시작해서 한동안 잠이 오지 않았다

태풍의 영향권에 든 오늘 하루, 찾는 사람 하나 없

고 전화도 한 통 없고 별로 한 일도 없는 아무 일 없어
그냥 심심하고 권태로운 그렇고 그런 하루가 또 흘러
갔다 식어버린 흐느낌처럼 뻣뻣한 주먹밥 하나를 손
에 말아쥔 채

친구의 유년을 따라 나서다
— 안광찬과 괴산 산막길을 가다

배꽃 지는 이른 5월
모처럼 친구의 유년幼年을 따라 나섰다

60년 전
도토리 점심 싸 들고
다람쥐 앞세우고
하얀 구름 무등 태워
도란도란 걸었다는 소풍길
그 길을

머리가 하얗게 서리 내린 지금
친구의 추억을 옛 얘기로 들으며
산막 길을 간다

손 뻗으면 닿을 듯 가까운
칠성호 푸른 물속에
군자산 천장봉이 거꾸로 걸려 있고

〈

숯 굽던 계곡길에서 이따금
불어오는 바람이 머리칼 흔들며 지나가고
푸르름 우거진 송림길을 두런두런 걸으면
유년의 소풍길이 그다지 멀지 않아 보인다

물길 가르는 유람선에서
그 옛날 빛바랜 소풍 사진이
이곳 발전소 역사를 지키는
좋은 증거가 돼 거두어 갔다는
친구의 말을 들으며

어쩌랴
일렁이는 물결
물속 깊이 가라앉은
납덩이보다 더 무거운
그 많은 세월의 무게를 본다

길고 긴 시간 속
산도 물도 제 모습 변했고
사랑하는 사람도 하나 둘 물속으로 가라앉았으나
손에 손잡고 씩씩하게 걸었던 유년의 이 길 위에

〈

아직도 그 때의 체온이 남아 있고
맑은 동심의 노래소리가 귀전을 맴돌아
꿈과 정이 그의 가슴에 고동치고 있는 한
이곳은 그의 자양이고 어머니이리라

떨어진 배꽃이 하얗게
바람에 날리는 이른 봄 오후
키 큰 친구의 등 뒤를 따라 걸으면

어느덧
뉘엿뉘엿 지는 석양이
우리의 발걸음을 재촉한다

제2부

이것 하나면 천국

우수 지나서

땅 밑 어디선가 애끓는 소리
얼음 한 자쯤 쪼개지는 소리
속삭이며 다가오는 잔물결 소리
벚나무 기지개 한참 길어진 아침나절
마른 뼈를 드러낸 바람이 잠시 다녀간 그쯤
나무들 피부가 붉게 반짝였다
나뭇가지 끝에 벼린 하늘이 파랗게 날 섰다

세우細雨

이른 봄 안개처럼 내리는 세우는
그 흐릿함에서 오는 몽롱함이나
들리는 듯 잦아드는 그 흐느낌 때문에
옛부터 신령우神靈雨라 불렸다

아직 떠나가지 못한 잔설殘雪이 남아 있고
나뭇가지 끝 붉은색이 점점 짙어질 때
흠뻑 적시듯 스멀스멀 기어드는 안개와 함께
뒷 마당 대숲에 어둠이라도 덮어 버리면
무언가 금방 뛰쳐나올 것만 같은 공포에 몸을 떨었
다

이럴 때쯤
동네 당산나무 가지에 흰 천이 걸려 비에 젖어 나부
끼고
벗어놓은 옥색 고무신에는 눈물이 가득했다는데
목을 맨 청상靑孀은 어디로 갔는지 시신마저 찾을

수가 없었다고

  할머니가 들려준 옛 얘기 하나가 긴 밤을 꼬박 새우
게 했다

  오늘처럼 종일 세우가 내리면

  세상 잘못 산 게 많은 나는

  검은 구름 속 어딘가에서 귀신에 홀린 서러움 몇이
왈칵 달겨들 것만 같은 전율에 여기저기 숨을 곳을 찾
아 헤매곤 했다

삼월에 내리는 눈

하루 종일
비가 오다
눈이 오다
마침내 진눈깨비가 내렸다

철 늦은 눈꽃이 폈다

진종일
찾는 이도
문자도 하나 없이
까맣게 잊혀진 하루

눈이 되지 못한 눈물이
꽃이 됐다가 졌다

돌담

여기저기 흩어져
무수히 발길질에 채였을

흙 속 깊이 숨어
소리 죽여 울고 있었을

그 돌 일으켜 세워
누가 만들었을까

태풍에도 끄떡없는
이 의지의 울타리를

게임 오버

게임은 끝났다

등도 꺼지고
장비도 기계도 모두 치워졌다

건장한 사내가 장갑을 벗더니
한 손을 주머니에 찌른 채 어둠속으로
사라졌다

다른 한 사내는
복부가 피투성이가 된 채
장腸이 잘려나가고 다시 기워져
죽은 듯 급히 회복실로 옮겨졌다

목숨을 건
또 하나의 다른 게임이 시작된다

하이힐과 메르드

여인의 하이힐은,

까치발을 들어
꿈에 좀 더 가까이 가고 싶을 때
필요한 줄 알았다

부드러운 허리 곡선
올라붙은 깊은 힙라인
날씬한 다리를 보여 주고 싶을 때
필요한 줄 알았다

그러나 그 옛날
동물과 인간의 메르드*로부터
옷과 장식을 더럽히고 싶지 않을 때
필요했다는 것을 안 이후,

투명한 신데렐라의 유리구두는 산산조각이 났다

〈

지미추를 신는 순간
'넌 악마에게 영혼을 판거야' 라는 앤디의 말이
그녀들의 굽높이를 하늘 높이 쳐올릴 때

우뚝우뚝 솟는 냄새나는 플람 도르** 뒷길을
치마를 들고 가장 적은 면적을 밟고 가는
빨간 마놀로 브라닉이 보일 때

여기는 다시
메르드 향이 가득한 옛날 그 스놉시티가 된다

*메르드(La merde) : 똥의 불어 표현
**Flamme D' Or(황금 불꽃) : 아사이 맥주 건물로 똥 조형으로 유명

루왁도 리필이 가능한가요

월요일 이 시간 카페는 어둡고 한산하다
창을 등져 검은 실루엣으로 보이는 여인 하나가
고양이를 안고 앉아있다
암갈색 무늬의 고양이, 번뜩이는 두 눈이 거울 같이
빛난다

여인은 모자를 벗고 고양이 꼬리를 쳐들어 부드러
운 털을 헤치더니
혀로 핥기 시작한다
약간의 몸부림이 있었으나 고양이는 처음이 아닌
듯 순순히 배설했다
껍질이 벗겨지고 과육만 남아 고양이 소화기관을
통과하며 숙성된
커피 원두 몇 개가 배설물에 섞여 탁자 위로 떨어졌
다

매니저님!

제발 손으로 직접 갈아서 새하얀 드리퍼에 골고루 앉혀 주세요

그리고 꼭 핸드드립으로 내려주세요 나는 그것만 마셔요 아시죠

물을 아주 천천히 내려주세요 이 카페 안이 온통 야생 커피의 내음으로

가득 차게 부탁해요

탁자 위 루왁Luwak* 한 잔이 그녀의 빨간 입술을 기다리고 있다

어떤 맛일까 향이 안개처럼 피어오른다

그녀는 눈을 지그시 감고 온몸으로 무엇인가를 상상한다

잭 니컬슨의 입술이 다가오고 뜨거운 혀가 입속 깊이 파고들더니

목구멍을 간지럽힌다

인후를 통해 뇌로 흐르는 쾌감의 전류, 입속 가득히 넘치는 볼륨

혀끝에 오래 남아 있는 깊은 떫음과 고소함

아 황홀한 오르가슴 뒤 감미롭게 젖어 드는 나른한 피로감 같은

여인의 볼이 점점 붉어지고 숨이 가빠진다
눈을 흘기며 가는 허리를 비비 꼬더니
끈적끈적한 허스키로 나직하게 묻는다

봐요 루왁도 리필이 가능한가요?

여인의 손이 고양이 목을 살며시 조르고 있다

*Luwak 커피 : 사향고양이 변에서 나온 원두로 만든 고가의 커피. 죽기
   전에 꼭 한번 먹어야 한다는 명품

로스코* 신전

— 햇빛이 좋은 토요일 오후
   채플 알리는 맑은 종소리 조용히 내려앉는
   영원한 그의 집에서

숨이 멎으면
서서히 스며드는 짙은 Green
뼈와 분리된 영혼이 주황색
연도煉禱를 따라 나선다

Maroon의 벽,
긴 회랑을 돌아 흐린 불빛을 따라가면
회색의 선사시대 Gray & Blue
암청색 이끼로 뒤덮인 선악의 신전과 만난다

시간을 무릎 꿇리고
겹겹이 쌓인 고뇌의 거미줄을 들추면
Green on Orange
두꺼운 두 색면色面의 경계에서
죽은 자의 절규가 Violet으로 잦아들고
이글거리는 Red eye가 산자의 증오를 노려보고 있
다

〈

  Dark Yellow 성전 밑에는 아직도 잠들지 못한 그의
영혼이 숨 쉬고

  몰이해의 Black 장막에 갇혀
  터질 듯 타올랐을 Dark Red의 욕망
  견딜 수 없어 내려친 날카로운 회한의 칼날

  보인다 그의 성난 색령色靈이
  끊긴 핏줄에서 분수처럼 터져 White의 싱크대로
흘렀을 선홍의 피
  Red가 삼켜버린 Black!

  형상을 모르는 그는 죽어서 비로소 우상으로 다시
태어난다

*마크 로스코(1903-1970): 세계적 색면 추상 화가. 휴스톤의 로스코
  채플 벽화가 유명, 자살로 생을 마감함

포토라인

노란 삼각형

거기 서면 별이 된다
한 번이면 족하다
두 번 설 일이 아니다

죄라면 빛났던 것이 죄다

별이 되기 위해서는 명료한 기억도 중요하지만
똑똑히 기억할수록 훌륭한 별이 되는 것은 아니다
달빛에 양심을 물들일 줄 알아야 빛나는 별이 된다

질문하는 별은 별로 좋은 별이 아니다
무엇을 잘못했는가? 왜 하필 나인가? 그래서 모두
내 탓이라고?

삶은

이 대답에서 구분된다

간혹 지저분하고 후회스러운 지구 여행이 될 수도
있다

너도

이게 꿈이 아닐지 모른다

서 보라! 바로 앞

저 회전문이 빙글빙글 돌아가고 있는 거기

닻

작은 모기의 날갯짓 소리에도
어린 여치의 비릿한 소리에도

샐비어 터지는 농밀한 소리에도
풀잎 위 구르는 이슬방울 소리에도
마른 잎 겨우 흔들고 지나는 미풍 소리에도

화들짝 놀라 창문을 열었다

은하수 두둥실 뜬
조각배 흐르듯
닻을 내려 붙잡고 싶었던
어느 초가을 밤의

깊은 적막

이것 하나면 천국

— 갤럭시 S 20 # 5G

세상어느곳을가서도보고싶은사람든고싶은목소리이거하나
면다볼수있고이것하나면다들을수있고개뿔!무슨공부뼈빠
지게노력할필요없이이것하나면너도모르고나도모르는어떤
무엇이라도다일러주고보여준다니그래얼마나좋으냐정말좋
겠다심심하지도않지만그래도심심하면게임놀이수다놀이온
갖투전음주가무오락영화뭐든보여주고들려주고이것하나면
푸른하늘바라보며꿈꿔보기나메뚜기풍뎅이잡으러가기는죽
었다깨어나도할수없다니얼마나좋으냐정말좋겠다부끄러운
것도그냥못본듯슬쩍지나쳐야하는것도홀딱벗어던져아낌없
이보여주고먼것도가깝게작은곳도크게희미한것도세세하게
잘도보여줘색잡기년령을대폭낮추어주었다니얼마나좋으
냐정말좋겠다시도때도없이계집애치마밑에카메라집어넣어
두고생각날때마다볼수있으니유명앵커도유명가수도따로없
다니얼마나좋으냐정말좋겠다개패듯이때리는회장님도악박
박쓰는사모님도동영상한방에감방보낼수있으니이세상인류
가처음으로빈부귀천나이차이없이평등해졌다니그래얼마나

좋으냐미치게좋겠다어미애비도친구도애인도필요없고그저
저혼자지지고볶을수있으니그래얼마나좋으냐정말좋겠다마누
라아이들과놀러가서도휴일에도방학에도상사님호출에일복터
져놀이터와일터가구분안되니돈쓸시간없어좋겠다정말좋겠다
북극에서도남극에서도지구끝어디에서도머리카락만보이면
귀신같이찾아낸다니이것하나면네가한일네가흘린발자욱그
더러운오물까지도덮혀지고지워질일없으니그래얼마나좋으
냐정말좋겠다일자목구부러진허리핑핑돌아간사시눈쉼도없
이눌러대어지문닳은손가락지하철속에서도길바닥에서도그
짓하던이불속화장실변기위에서도삑삑울어대며눈귀꼭꼭묶
어모두장님귀먹어리만드니아무생각없어좋겠다바보천치되
어좋겠다정말좋겠다이것하나로단군이래가장유복하고잘사
는오천만의행복시대창조경제맞았으니천국이따로있냐여기
가천국이지밥은굶어도좋고어느놈이쳐들어와도무슨상관다
른놈이야손발잘려쫓겨나든말든나만좋으면그만이지아아!
세계속에찬연히빛나는모바일제5세대대한민국만세만만세!

나목裸木

겨울밤
바람 막고 서 있는
나무에 기대면

깊은 신음 소리 들린다

인고로 키워냈던 무성한 잎
모두 제 갈 길 떠나보내고
끝내 열매마저 다 주고 나면

육탈된 뼈
앙상한 모성만 뿌리박고 서 있는

살아서도 죽은 나무
죽어서도 산 나무

눈물이

벗은 가지 끝에
눈꽃 되어 피었다

딸에게

딸아
네가 수술대에 누울 때
네 어미도 같이 누웠다

너의 어딘가가 아프게 베어지고 잘려나갈 때
네 어미는 더 깊은 곳, 더 아픈 곳, 그보다 더한
어떤 것이 잘려나가는 듯 함께 울었다

수술이 끝나고
네가 깨어나기 전
네 어미는
제 뼈와 살로 빚고 피로 나눠 만든
무엇과도 바꿀 수 없는 네가

다시 살아올 수만 있다면
이까짓 한목숨 기꺼이 내어놓을 수도 있다고
간절히 기도했다

〈

딸아 네가

어찌 알겠느냐

하늘이 어미에게만 준 그 눈물겨운 사랑의 근원을

어찌 짐작이나 하겠느냐

퍼내도 퍼내도

마르지 않는 그 심연의 깊이를

딸과 딸년과

전화 걸면
늘 엄마 먼저
바꾸라는 딸

이국생활
긴 외로움에
엄마 생각 많겠다 하면서도

그저 딸년들이란
기르는 재미였는가
슬그머니 돌아앉는 심술

아빠 생일 선물
뭐가 좋겠냐는데
돌아보는 아내에게

무슨 쓸데없이 화난 듯 말해도

〈

가슴

저 깊이에서

물결처럼 번지는 딸 향香

포획한 모자帽子를 위하여

운동회의 절정은
언제나 불꽃 튀는 기마전이었다

적보다 머리 하나만큼
더 높이 쳐올린 마상에서
전광석화처럼 적의 모자를 나꾸어 채
하늘 높이 치켜들고 포효하면 승리는 우리 것이었
다
남보다 더 많은 적의 모자 포획이 성공이고 행복이
었다

한평생을 기마전처럼 살았다

나와 내 분신을 위해
내 것은 하나도 내어 줄 수가 없었다
오직 적의 모자 포획에 목숨을 걸었다
하루 하루가 숨막히는 전쟁이었고

포획한 모자의 수數가 만드는 안락에 흐느적댔다

어느덧
웃음소리도 고함소리도 사라지고
치열했던 운동회도 이제 막을 내리고
묽은 어둠이 서서히 깃드는 이승의 운동장

피투성이로 포획한 그 많은 모자들이
빈 운동장 한쪽 악취 나는 쓰레기 더미에 쌓여
입적 스님 다비 장작처럼 불에 훨훨 타고 있다

연기 되어 사라지는 전생의 업業
목탁소리 대신 들리는
멀리 개 짖는 소리

할아버지 벌떡 일어나시다
— 어느 한글날 저녁의 삽화

저녁을 마친
가족들의 오붓한 시간
6살 율하의 신명난
노래와 율동이 한창이다

아침에 일어나서
굿 모닝
점심을 먹고 나선
굿 애프터눈
친구와 헤어질 땐
굿 바이
잠자리에 들기 전에
굿 나이트

두 손으로 치마를 잡고 허리를 굽혀 날아갈 듯 인사
박수소리 박수소리 할아버지도 할머니도 아빠도 엄
마도

굿 잡! 굿 잡! 굿 잡!
터지는 감탄사 어린애의 외국어 발음에 매료되고
될 애는 떡잎부터 알아본다고 모두 한껏 희희락락

순간 바닥에 쏟아진 외국어들이 바람처럼 일어나
율하의 앞가슴에 이름표 하나 붙이더니
양어깨에 큼직한 별 하나 달아주고 황급히 사라진
다

아이의 머리나 가슴속 어딘가 시리고 아픈 자국 되
어
평생 벗지도 지우지도 못하는 사대事大 문신으로 남
지는 않을는지
신미양요 때 장렬하게 전사하신 우리 할아버지가
땅속에서 놀라 벌떡 일어나신다

23년 만에 휴일이 된 한글날이
아이의 재롱 속에 더욱 뜻깊게 흘러간다

그래, 당신은 무슨 이야기의 일부인가

"신데렐라는 내가 할 거야"
"아니야 신데렐라는 내 꺼야"

서로 좋은 역을 다투는 아이들의 놀이에 끼어들었
다가
초콜릿 몇 개로 겨우 중재를 했다 돌아가며 하기로
그리고 늙은 마부역 하나를 얻어내
신데렐라를 등에 태우고 온 방안을 기어 다니며
한낮을 보내고

눈보라 시작된 이른 저녁
어쩌다 그런 음흉한 이야기에 끼어들었는지
내 마부역보다도 못한 역 하나를 맡았을
새파랗게 젊은 경관의 자살 소식을 듣는다

모두 등 돌리는 얼음벽 속에 갇혀
얼마나 괴롭고 참담한 시간을 보냈으면

어린 자식들 눈에 밟혀 차마 목숨줄 놓을 수 있었을
까
  허연 눈 날리는 하늘을 멍하니 바라본다

  사람 사는 곳, 이곳은
  이야기가 강물처럼 넘쳐 흐른 지 오래다

  산도 허물 것 같은 큰물
  속을 알 수 없는 시퍼런 심연
  온갖 오물과 악취로 얼룩진 먹물 같은 탁수
  그런 이야기 강도 흘러가지만

  바삐 달리며 작은 돌 어루만지는 시냇물
  물고기 품고 같이 살아보려 바둥대는 활수도 흐르
고
  내일 위해 뿌리에 조용히 스며드는 약수 같은 이야
기도 흘러간다

  오늘 당신
  맨발로 달려온 이 고단한 하루가
  그래, 무슨 이야기의 일부인지 알고나 흘러가고 있
는가

우산 두고 간 사람

밤새 퍼붓던 비
잠시 그친 새벽
젖은 옷 그대로
서둘러 떠난 사람

천근 발자국
깊게 패인 뒤꿈치
어제 내린 빗물 조금
묽은 어둠 반쯤 고여 있다

문득 뒤돌아 보았을까
되돌려 찍힌 발자국 몇 개

어차피 돌아오지 못할 것이면
우산이라도 거기
두어 밤 받쳐 놓고 싶었는가

사랑 1

물을 손으로
잡아 본 적이 있는가
물을 손으로
쥐어 본 적이 있는가

물은
잡아지지도 쥐어지지도
않는다
다만 손을 적실 뿐

사랑도 물과 같아
잡아지거나 쥐어지지
않는다
다만 적셔질 뿐

손 대신 가슴이 올올이 젖을 뿐

사랑 2

새는 과식하지 않는다

비만해진 새는 먼 곳까지 날 수 없기 때문이다

그리움 피 속에 녹아 흐르면 새도 욕심을 내려놓고
몸을 비운다

사랑이 부르면 하늘 끝 더 높이 높이 날아오르고

거미줄 작은 가지에도 가벼이 내려앉을 수 있어야
하기 때문이다

사랑 3

사랑은
기쁜 마음으로
보살피는 데 있다 하여

꽃을 키우는
즐거움으로
사랑했습니다

그러나
그 꽃이
진 뒤에야 알았습니다

사랑은
기쁨도 즐거움도 아닌
가슴 저리는 그리움이라는 것을

사랑 4

그럼 열쇠를 둘로 나눕시다

같은 열쇠를 사용하면
이 작은 구멍 속 우리만의 천국이 있고

이제
당신을 두고
내 한 몸으로 산다는 것
바위를 깨기보다 어렵고
홀로 외길로 산다는 것
또 다른 불지옥을 만드는 것이기에

내 뼈를 깎아
또 하나의 열쇠를 만듭시다

당신이 숨긴
그 비밀의 문을 열기 위하여

사랑 5

제 손으로

제 목 치고

사랑합니다

말하면서 시작되는

동백 사랑은

남은 영혼마저

불 속으로 내던지고

가진 것 모두 태워

그대 곁을 지키는

〈
미친 사랑입니다

사랑 6

울지마라
너 그렇게 울면
내 어쩌랴

가슴 활짝 열어
보여 주고 싶다
수없이 금 간 백자 항아리

빙렬 같은 내 가슴살을

사랑 7
— 덩굴장미

온몸으로 감아올려
처마 끝에 매단 꽃등

바람에
이 등마저 꺼지면
낭자한 이별의 핏자국

불 같은 그 밤 잊은 채
사랑은
다른 길로 돌아서 갔나

한시절 꽃 지듯
사랑이 저문 뒤

잊혀지지 않을
흔적 하나 남기고 싶다
못 같은 가시 되어

사랑은 목련처럼 지고

며칠 전 꽃이 피었다고 기뻐서 전화를 해왔던 그녀에게 목련의 안부를 물었다.

아직 잘 있느냐고?

한참을 침묵하던 그녀가 낮은 목소리로 지금 상중喪中*이라고 했다.

꽃은 어제 갔다고 그리고 이별이 이렇게 슬픈 것인 줄 미처 몰랐다며 울먹였다.

맑은 햇빛 쏟아져 수줍게 흰 꽃잎 열리고 발그레 피어난 게 바로 엊그제 같은데……

그녀가 쓸쓸히 웃었고 문상객 소리인지 벌레 날갯짓 소리 같은 퍼득거림이 한참 들렸다.

울음을 멈추고 목소리를 가다듬어 그녀는 조곤조곤 속삭였다.

그래도 고마운 것이 부고를 듣고 달려온 딱따구리 한 쌍이 이틀 밤을 꼬박 곡소리를 내어 온밤을 흔들어주었고,

흐드러진 이웃 개나리가 스스로 제 가지 꺾어 샛노란 조화 만들어 세워 놓더니 예쁜 리본 만들어 달아주고 갔다고.

칠흑같은 어둠이 상가를 온통 먹물로 칠해 눈앞이 캄캄했으나 지나던 하현달이 나무 그늘을 흐미하게나마 밝혀주어 간신히 염습을 마칠 수 있었다고.

남아 있는 가지들이 하얗게 누워있는 꽃잎을 내려다보며 덮어줄 잎이 없는 제 몸을 어루만지며 애통해하는 것이 차마 볼 수 없어 외면했으나 마침 비를 품은 구름이 불려와 잠시 쉴 그늘도 만들어 주고 뜨거운 눈물도 뿌려 주고 가 천만다행이었다고.

내일이 발인 일인데……

아마 발인제는 꽃들의 품에 안겼던 새 떼들이 찾아와 마지막 뫼 밥도 올리고 앞산 손골 양지바른 곳까지 죽은 꽃잎 하나씩 하나씩을 물고 날라 운구해 준다니 한시름 놓이긴 하지만 그러면 뭐 하냐고 이리 가슴이 허전한 것을. 그녀는 더 말을 잇지 못하고 다시 흐느꼈다.

그래 내가 덕담으로,

까짓 죽은 자식 부랄 잡으면 무엇 하냐고 산 사람이 귀중하지.

두고 보라고 꽃이야 곧 철쭉도 흐드러지게 피고 영
산홍도 온 산을 벌겋게 불지를 거라고 위로했으나 그
녀는 아무 말이 없었고 한참 후에야 그녀는 겨우 울음
을 참으며 이젠 됐다고.

　목련이 가면 내 봄은 다 간 거지 다른 게 또 와 봐야
언제 온지도 모르게 그냥 훌쩍 떠나가지 않겠냐며 길
게 한숨을 쉬었다.

　망설이다가 그럼 우리는 이제 어떻게 되는 거냐고
물었다.

　얼마 후 전화 속에서 뚜뚜 소리가 들렸다. 이 아름
다운 봄밤 사랑이 목련처럼 지고 있었다.

*이인의 시 「사흘낮밤」에서 이미지 차용

황국黃菊

가랑잎 소리 내어 구르고
종소리 번지듯
달빛 내려앉는 가을 산사山寺

자르고 베어도
차마 잊을 수 없었다고
먼 길 온 사랑 하나 달래 보내고
뒤돌아 돌계단 오르는 젊은 스님
눈가에 흐르는 이슬 같은 번뇌 한줄기

불빛 새어드는 법당
흐느끼듯 점점 높아지는 독경 소리에
깜짝 놀라 돌아본
하얀 섬돌 위

누가 놓고 갔나
노란 황국
한 다발

이별 1

잎새 떠나보낸
나무들의
울음이

바람이 불러주는
곡조 없는
휘파람이

지는 노을가
작별 서두르는
철새들의 몸짓이

아직은 슬픈
이승의 가을 길목

이별 2

잎이
바람이
철새가 가고

너도 가고
나도 가면

별 홀로 눈물짓는 밤

빈 들판에
내리는 자욱한
겨울 안개

이별 3

너를 보내고,

그저 간밤의
꿈일 뿐이라며
태워버린

옛 편지의 희미한 연기

상사화
꽃잎에 방울방울

또 하루 눈물로 해가 지는데

이별 4

무어라 말하면
더욱 쓸쓸해지는
가을 해질녘*

마른 잎에 맺힌
하얀 이슬방울
그리워 눈물 흐르면,

천상으로 가는 배인가

노을 따라
흘러가는
기러기 그림자

*이 시는 가곡 「가을 해질녘」(이정연 작곡) 노래로 불려짐

이별 5

뱃고동 소리가

들려오는 포구

슬픈 노래처럼

밀려오는 파도 소리

바람 따라 나는

물새들의 비상처럼

멀어지는 님이 남기고 간

밤 바다 위 하얀

두 줄기 눈물 자욱

이별 6

노을 따라
서쪽으로 서쪽으로만
흐르는 강물의 이별

강은
길의 끝을 붙잡고
떠나는 것들을 안아주며
빛이 가지 못하는
그 먼 곳까지 흘러가지만

목숨 같은
나의 사랑
이승을 넘어 저승의
아득한 잊혀짐까지

이별 7

바람 휘몰아 나뭇잎 떨구고 가면

나무가 아픈 것이냐
낙엽이 아픈 것이냐

그런데 스쳐가는
저 바람은 왜 울고 가는 것이냐

이별 8

기차는 늘 떠나는 것
만남은 짧고
헤어짐은 긴 것이므로

앞서거니 뒤서거니
시간대로 떠나고 돌아옴은
그저 허무한 일

별이 되어 만나 다시 별로 돌아가는 길

우리 가는 길
또한 그 길이라면
이제 어떤 역에서도 배웅하지 말자

나무만 알 뿐

세찬 바람이
마른 잎 떼어낸 자리

모진 바람, 저도
허공을 돌며 땅으로 떨어지는 잎, 저도
어디서 와서 어디로 가는지
아무도 모른다

따뜻한 봄 되면
그 아픈 곳 숨겨온
나무만 알 뿐

첫눈

기차에서 내렸을 때
눈은 본격적으로 퍼붓기 시작했다

역 앞 찻집에 들어섰을 때
낡은 액자와 하얀 커버가 덮인 의자
색바랜 조화 화분은 옛날 그대로인데

흐린 조명 속
토니 버넷의 'I left my heart in San Francisco'가
색소폰의 낮은음으로 실내 어둠을 밀어내고 있었다

세월의 모퉁이를 돌아
기억도 흐려지고
약속도 헐거워졌으나
실없는 그리움으로 이 소읍을
찾은 것이 벌써 몇 번인가

아무도 오지 않고
늦은 밤 홀로
돌아갈 막차를 기다리는
대합실 유리창 너머

폭설로 바뀐 눈보라 속으로
달려오는 긴 머리 소녀의 웃는 모습

제4부

시로 쓰는 이야기

시를 쓴다는 것

원주 사는 C시인을 만나 오랜만에 커피 한잔 나눌 때,
— 땅 투기로 돈을 많이 번 어느 글쟁이 이야기를 했더니
그는 내 얼굴을 힐끗 한번 쳐다보고 엷은 미소를 지으며
그래도 자기는 시를 쓰겠다고 말하며 웃었다

그래서 나는 좀 얄미운 생각도 들고 해서 다시,
— 그가 투기로 번 돈으로 국회의원에 출마하려 한다고 말했더니
그는 눈치 없이 입을 크게 벌려 소리 나게 웃고는 손벽까지 치면서
그래도 자기는 시나 쓰겠다고 말하며 웃어댔다 주위의 모든 눈이 우릴 향했다

잠시 창피하기도 하고 화도 나 골려 주고 싶은 심술

이 치밀어 올라,

　— 그 글쟁이가 남녀가 뒤엉킨 요염한 섹스 묘사로 드디어 베스트셀러 작가가 됐다고

　말해 주었다

　그는 한동안 입을 실룩거리고 이마에 깊은 주름이 잡히더니 눈을 스르르 감고

　긴 한숨까지 쉬고 나서야 제법 굵고 단호한 목소리로 그래도 자기는 시밖에 쓸 줄

　모른다고 고개를 돌려 말했다

　이젠 나도 미안하고 좀 심드렁해지기도 해서 그냥 무심코 지나가는 소리로,

　— 몇 달 전 시 쓰다 쓸쓸히 죽은 황병승 시인의 고독사 얘기를 했다 며칠 후에나

　발견됐다고

　그랬더니 그가 갑자기 고개를 탁자에 푹 처박고 삐쩍 마른 어깨를 몇 번인가 들먹들먹

　거리더니 슬며시 일어나 창밖 흩날리는 꽃잎을 한참이나 바라보고 섰다가 인사도 없이

　문을 밀고 나가 버렸다

　멀어지는 그의 등 뒤로 내가 소리쳤다

이봐! 그래도 시를 쓸겨?

대답 없이 팔로 눈을 훔치면서 그는 쫓기듯 뛰어갔
다

며칠 후 그에게서 문자가 왔다

"그럼 어쩌지요 시를 쓰지 않으면 죽을 것 같은
데……"

화성에 내리는 봄비

"그냥 갈 거예요?"

그녀가 전철역 입구에서 걸음을 멈추고 우뚝 섰다.

"어쩌자구……"

"비 오지 않아요, 봄비."

"비 오는 것 처음 봤어. 365일 매일 비 오는 데도 많아."

"어째 그래요. 노란 꽃잎에 하늘하늘 내리는 봄비가 매일 오는 비랑 어떻게 같아요."

"개나리에 무슨 봄비? 실없는 멜랑콜리는 어린 소녀적 감상이야."

"당신, 다른 별에서 왔어요? 아니면 나이 탓이에요. 그런 감성으로 어떻게 글은 쓰는지……"

"대신 써 줄 것도 아니잖아. 오늘 왜 그래. 당신, 이제 그럴 나이 벌써 지났어."

좀 과했나. 순간 그녀의 눈자위가 허옇게 변한다. 바람이 우산을 거칠게 흔들고 지나갔다.

"그래서 어쩔 건데. 기차 시간 맞힐 수 있겠어? 그

러다 또 차 놓칠라."

그가 씽긋 웃고, 꼭 쥔 우산 끝 손잡이를 힘껏 잡아
주었다. 마주 잡은 손이 차다.

로트랙 그림과 마주한다. 목로주점 물랭루주쯤으로
생각하자. 희미한 불빛 아래서 여기저기 붉은 입술들
이 뻐끔뻐끔 노란 액체를 삼켰다 뱉었다 물고기처럼
놀고 있다. 입가에 거품이 부글거린다. 수초가 흐물거
리는 어항 속. 좁은 유영이 슬프다.

"맛 있어?"

붉어진 눈가에 물기가 젖어 들어 지친 물고기처럼
가라앉고 있는 그녀에게 물었다.

"무슨 맛인지…… 나는 트림만 나오고 쓰기만 하구
만."

"써서 마시는 거예요. 쓰지 않으면 안 마셔요. 당신
이 달짝지근한 걸 한번 사 줘봐요. 어쩌면 나는 너무
단 것은 이제 못 마실지도 몰라요."

"쓴 걸 무엇 때문에 억지로 마셔. 그런 것 아니라도
세상에 쓴 게 얼마나 많은데."

"말이 통하지 않는 당신에게 더이상 설명하고 싶지
않아요. 그냥 내가 쓴 것을 좋아해서 마시는 것으로
해요."

창가에 흘러내리는 빗방울이 차 불빛에 반사되어 영롱한 구슬처럼 빛난다. 아름다운 눈물.

"우린 왜 이렇게 안 통해요. 소설 쓴다더니 사람이 변했어요. 다시 시인으로 돌아와 봐요. 점점 내가 알던 옛날 그 사람 맞나 의심날 때가 있어요."

"그래. 그럼 다시 시인으로 돌아갈까."

"시인으로 돌아와요. 그래야 우린 서로 무언가 통할 것 같은데. 그렇게 무뎌진 칼로는 어디 노란 개나리 꽃잎 하나라도 베어낼 수 있겠어요?"

비가 차츰 굵어졌는지 들어서는 사람들마다 물기가 뚝뚝 떨어지는 우산을 받쳐 놓는다. 우리는 맥주잔을 내려놓았다.

"당신 요즘 외로운가 봐. 비 때문에 그런 거 같지는 않고. 내가 너무 소홀했었나."

"아녜요. 마음 쓸 것 없어요. 나 그렇게 외롭고 고독하지 않아요. 다만 말이 통하지 않을 때는 슬퍼져요. 혹시 '20억 광년의 고독'이라는 시 읽어 봤어요?"

"우주의 분열로 화성이 떨어져 나간 그 옛날부터 지구인과 화성인은 고독이 시작되었다는 그 시. 만류인력은 서로를 끌어당기는 고독의 힘이라는 말도 있지 아마."

"그래요. 인간은 원래 태초부터 고독한 존재였데요. 당신이 있고 없고는 상관없이."

"그런데 왜 나보고 통하지 않는다고 말했어. 봄비 말고 진심을 얘기했으면 내가 금방 알아 들을 수 있었을 텐데."

"그럴까요. 진심보다도 화성인 같은 당신을 알아듣게 하려면 내가 화성언어로 말했어야 했어요. '네리리 키르르 하라라*' 이렇게. 무슨 말인지 알아듣겠어요?"

"네리리 키르르 하라라. 이게 '내 맑은 눈물이 노란 개나리 꽃잎에 져요. 당신 때문에'라는 화성 말인가."

갑자기 몇 번인가 빛이 번쩍 하더니 실내가 암흑천지가 됐다. 정전. 어둠 속에서 더듬거려 겨우 그녀의 손을 찾아 잡았다. 손이 뜨겁다. 그래 여긴 화성 어디쯤이나 될까?

*다니카와 슌타로의 시 「20억 광년의 고독」에 등장하는 화성인 언어

꽃 떨어지면 잎 다시 피어나고

— 우리 모두 오고 가는 이 세상은
시작도 끝도 본시 없는 법!
묻는들 어느 누가 대답할 수 있으리오
어디에서 왔으며 어디로 가는가를.
「오마르 카이얌」의 『루바이야트』에서

꽃이 활짝 피었습니다.

하늘이 온통 흰 빛입니다. 그러나 사실 피어있는 시간은 순간입니다.

며칠이나 됐나 바람 몇 번에 비 한번 내리니 꽃은 지고 맙니다. 축축하게 젖은 길 위에 떨어져 누운 꽃잎이 마냥 애처러워 보입니다.

날리는 눈발처럼 나부끼며 떨어지는 꽃잎. 이건 누군가가 말한 자연의 소멸입니까? 아니면 스스로 택한 옥쇄玉碎입니까? 바람에도 지고 빗물에도 지고 그리고 시간에도 도저히 이길 수 없는 싸움이라면 이건 허무보다 오히려 예정된 절망입니다.

L아파트 중앙로 넓은 길. 눈처럼 흰 꽃 터널이 만들어졌습니다.

멀리 꽃잎을 헤치고 작은 유모차 하나가 언덕길을 오르고 있습니다. 점점 가까워 오는 유모차. 활처럼 휜 등. 실금 투성이 얼굴. 가는 손잡이를 움켜쥔 손목의 앙상함이 금방이라도 꺾어질 것 같아 불안, 불안합니다. 한발 한발 옮겨 놓기가 천금같이 무겁습니다. 세월이 내려앉은 흰 머리에 부스스 떨어진 꽃잎 몇 개가 위태롭게 매달려 있습니다. 몰아쉬는 숨소리가 길에 누운 꽃잎들을 일으켜 세웁니다. 밀어 올리기도 힘겨운 삶의 무게. 시간이 바퀴에 걸려 느리게 흐르고 있습니다.

꽃잎 날리는 나무 그늘에 또 하나의 유모차가 보입니다. 젊은 엄마는 열심히 사진을 찍고 있습니다. 젊은 엄마의 유모차에는 아이의 웃음꽃으로 가득 합니다.

엄마의 한껏 부풀은 가슴이 움직일 때마다 탐스런 꽃가지처럼 흔들립니다. 눈꽃이 아가의 유모차 지붕 위에 하얗게 내려앉았습니다. 꽃잎을 쓸어내고 젊은 엄마는 서서히 큰길을 내려가기 시작합니다. 흔들림 없이, 소리 없이, 스르르 구르는 유모차 바퀴. 꽃잎이 바큇살 예쁜 무늬를 만들어 냅니다.

눈꽃 터널 속으로 유모차 둘이 양쪽에서 다가옵니다. 드디어 두 유모차가 조우 합니다. 오며 가며 한 점으로 마주친 두 유모차. 마침 허리 굽은 노인과 젊은 엄마가 마주한 교차점으로 큰바람이 지나갑니다. 한 차례 소나기같이 날리는 꽃잎. 금방 이쁜 그림이 스러져 흩어집니다.

"아이고! 이쁘기도 해라. 백일은 지났는가?"

"예, 한 열흘쯤 전에요. 그러니까 세상에 온 지 벌써 백열흘이 됐네요"

"그려 그려. 웃는데, 웃어. 그놈 참 예쁘게 생겼다. 공주님이신가?"

"네, 딸이에요."

"그렇구먼. 얼마나 좋으시겠나. 잘 키우시게…… 좋은 세상이 올란가 몰라."

실룩실룩 입가 근육을 움직여 웃어보려 애를 써도 아이는 도리도리 고개만 흔들고. 뼈가 울퉁불퉁 튀어나온 손등으로 움켜잡은 빈 유모차 위에 젖은 꽃잎이 엉겨 붙어 말라가고 있습니다. 그 속에 조용히 들어앉아 졸고 있는 달걀 한 판, 푸른 파 한 단.

노인과 아이. 유모차 둘이 떨어지는 꽃비 속에서 낡은 '슬로비디오' 영상처럼 천천히 교차합니다. 하나는 오르고 하나는 내려가고. 그 벌어진 틈 사이로 다시 흘러드는 시간. 그 시간은 또 예정된 절망을 만들어낼 것입니다.

그렇지만 세상은 꽃 떨어지면 잎 다시 피어날 것이

고…… 교차된 유모차는 떨어지면 떨어진 대로, 피어나면 피어난 대로 어디론가 긴 여행을 떠날 것입니다.

— 벌써 꽃 떨어진 자리 새잎들이 파릇파릇 나고 있습니다.

비 오는 날의 풍경
— 수채화로 그리는 성복천 귀가길

비 오는 날은 버스가 좋습니다.

차창 밖으로 흘러내리는 빗물도 좋지만 흐린 창문으로 스쳐 지나가는 풍경은 정말 잘 그린 한 폭의 수채화입니다.

노란 우산 하나가 신호등을 기다리며 서 있는 모습이라든지, 그저 모든 세상사를 잊은 듯 우산도 없이 뚜벅뚜벅 걸어가는 긴 머리 젊은이의 뒷모습이라든지, 갑자기 물보라 일으키며 쏜살같이 지나는 택시 속 운전사의 얄미운 웃음도 재미는 있지만 쓸쓸한 거리에서 홀로 젖고 있는 'NO 아베' 현수막을 만나면 괜스리 속이 저려 오고 붉은 물이 뚝뚝 흘러내리는 빨간색 광고판이 보이면 웬일인지 가슴 한쪽이 무너져 내립니다.

어쩌다 흐린 유리창에 잊었던 옛 애인 얼굴이라도 떠오르면 혹시 만날 수 있을까 쓸데없는 기대감으로 부풀어 오르고. 그런 풍경 속에서 보면 볼수록 젖어드는 것은 아지랑이 같은 그리움이나 외로움, 가슴 어딘가 허전하게 다가오는 막연한 슬픔 같은 것이겠지만 이런 것이 비 오는 날 버스에서만 느낄 수 있는 오묘한 감성 아니겠습니까.

그럼요. 슬픔은 의외로 수용성水溶性이어서 물에 잘 녹는답니다. 수영장에서, 목욕탕에서 물에 잠겨 허우적거리면 쌓였던 슬픔도 파란 물감 묻은 붓이 물에 풀려 씻겨 내리듯이.

퇴근 길엔 1570번 버스를 타야겠습니다. 오늘은 한 정거장 전에서 내려 보지요. 가까운 거리는 아니지만 이런 날은 그냥 혼자 걸어보고 싶으니까요. 지금쯤 성복역 네거리 '데이파크'는 비에 흠뻑 젖고 있을 겁니다.

우산을 펼쳐 듭니다. "타다닥 탁탁" 우산 속에서 듣는 작은 타악기 소리가 이렇게 정다울 수가 없습니다. 어느 쪽으로 갈까요?

맞은 편 신축 중인 롯데 아케이드가 큰 키를 자랑하고 있고 개점을 앞둔 호화 광고판 속 미인의 예쁜 미소가 비에 젖고 있지만 그러나 저 길은 아닌 듯합니다.

잠시 '삼촌이 만든 스시' 집 앞 수족관에서 생명의 한계를 모른 채 유영하고 있는 광어 몇 마리를 한참

바라보다가 발길을 돌려 '마피아 과일주스' 옆 계단을 따라 올라 봅니다.

제법 넓은 광장. 분수가 멈춘 연못에 번지는 작은 동그라미들이 귀를 맞대고 두런거리고 돌다리 위로 검은 우산 몇이 지나갑니다.

웬일입니까. '브라우니' 빵집 앞에 내놓은 빨간 의자들이 속절없이 비에 젖고 있습니다.

누가 앉았다 가셨나. 분명 있었을 그 정다운 대화의 흔적이 아쉽게 씻겨 내리고 있습니다.

빗속에서 하얀 연기를 뿜어내며 불이 붙고 있는 '저울집' 참숯 화덕에서 기름 타는 냄새가 잠시 코를 즐겁게 합니다. 그러다 갑자기 느껴진 시장기에 깜짝 놀라 '양가네 조개구이' 집 우측을 돌아 빠른 걸음으로 뛰쳐나옵니다.

신호등에 걸린 차들의 미등이 점점 붉어지고 '스타벅스' 큰 종이컵 광고판이 바람에 뚱뚱한 몸을 디룩디룩 흔들고 있습니다. 길 건너 '시 갤러리' 식당 창 너머로 푸짐한 저녁상을 받고 흐뭇해하는 얼굴들을 훔쳐보다가 후미진 골목길로 몇 걸음 내려서면 갑자기 시원하게 들리는 물소리. 온 가슴이 후련해집니다.

광교산에서 발원하여 형제봉을 돌아 성복동으로 흘러내리는 성복천!.

얼마나 힘차게 흐르는지 물가 억새들 허리가 반쯤 꺾이고 바위든 나무든 거침없이 타고 넘쳐 내리는 그 위세 앞에서 다리 위까지도 그 서늘한 공포가 남아있습니다.

안 됐습니다. 둑길 위 비에 젖어 고개가 부러진 접시꽃 몇 송이. 물길에 뿌리가 하얗게 드러난 어린 물푸레나무가 정신 나간 듯 제자리를 못 찾고 헤매고 있습니다.

고여 있는 웅덩이를 피해 대로변으로 오르면 승리부동산, 채플린 노래방, 하나은행 초록 간판 그림자가 물줄기 속으로 처박혀 흘러가고 저만큼 '하이웨이 슈퍼'의 광고 사인이 불을 켜고 반갑게 다가섭니다.

이제 다 와 갑니다. 걸어서 5분. 주민센터 네거리 오른편으로 '자이 아파트' 상가 주차장과 만납니다. 쓸쓸히 젖고 있는 자동차 위로 서서히 번지는 어둠. 한쪽 길가에 쪼그려 앉은 '구두수선 캐빈'에도 불이 들어올 시간입니다.

노란 버스에서 내린 한 그룹의 아이들이 우루루 '파리바게트'로 몰려가고 마침 도착한 좌석 버스가 한 무리의 퇴근자를 풀어놓고 정물처럼 서 있습니다.

문을 닫은 떡나무 집 앞. 키 큰 가로수 가지에 매달린 축축한 허무가 등을 켭니다. 무슨 특별한 시간도 존재도 의식하지 못해 그렇고 그런 일상이 돼버린 팍팍한 하루가 또 하나 지나가고 있습니다.

비가 그친 밤. 이제 빗물로 씻어낸 슬픔은 성복천으로 흘려보내고 차츰 밝아지는 등불에 젖은 마음을 말리며 가족이 있는 집으로 돌아가야겠습니다.

글쎄요. 내일쯤은 아마 개이겠지요.

버스가 빈 차로 떠납니다. 어떻습니까? 이런 밤은 좀 헐거워진 빈 차가 좋아 보이지 않나요.

성복동 갈매기

어디 사느냐고 물어 성복동 산다고 대답하면 으레 뒤따라 오는 것이 "아유 좋은 데 사시네. 그런데 거기 아직도 비둘기 많아요?" 하고 묻는다.

악의는 없다. 필시 성북동과 성복동의 착각에서 오는 물음일 것이다.

성북동, 강북의 최고 부자 동네 아닌가. 병풍처럼 둘러쳐진 아름다운 북한산 자락. 수석 같은 돌을 깎아 내고 그 돌로 아방궁 같은 궁전을 지어 서울에서 제일 가는 부자 동네를 만들었다는 곳이다. 누구누구 하면 다 알 만한 돈 많은 사람들이 사는 부촌이다.

6, 70년대 개발 난리통에 그곳에 오래 터 잡고 살던 비둘기들은 시도 때도 없이 터지는 폭음과 분진 속에서 견디다 못해 새끼들과 보따리를 싸 이사도 가고 정히 미련이 남아 떠나지 못한 것들은 숨을 헐떡이며 채석장 돌뿌리에 부리를 갈면서 몇 년을 더 견뎌 보았으나 결국 모두 죽어 사라져버렸다.

산업사회로 넘어가던 한 시대. 대표 희생물이 '성북

동 비둘기*다. 워낙 유명해서 그랬는지 그 물음을 해 올 때마다 참 난감해진다. 그래서 농담 삼아 준비한 진담이 하나 있다.

"네 요즘은 비둘기는 없고 갈매기가 많아요. 선글라 스가 잘 어울리는 멋진 갈매기들이."

라고 답한다. 그는 한동안 어색한 표정을 하고 내 얼굴을 한참이나 바라보지만 아직도 그는 무엇이 잘 못됐는지 이해하지 못한다.

일부러 긴 설명을 하지 않는다. 성북동이 아니고 성 복동이라고 모음 'ㅗ'에 액센트를 주어 해 보았자 모 르긴 마찬가지다. 그렇다고 경부고속도로 남행선 분 당 맞은편이 수지구고 수지에서 광교산 자락 제일 깊 은 곳이 성복동인데 조선 대쪽 선비 정암 조광조 선생 이 모셔진 유서 깊은 곳이라고 해봐야 어디 짐작이나 가겠는가.

"거기 강이 있어요. 바다하고는 멀 것 같은데……"

"그럼요, 바다하고는 상관없는 곳이구요. 물이라고 는 얕은 실개천 성복천이 흐르지요."

"그런데 무슨 갈매기가……더욱이 선글라스 쓴 갈 매기라면?"

"아, 강이나 바다를 추억하며 살지요. 그러니 자연 늙은 갈매기들이 많아요. 비록 얕고 보잘 것 없는 실개천이지만 물이 어떻게 맑은지 그 물에 몸도 씻고 불어오는 산바람에 지친 날개를 접으면 바로 푸른 소나무 숲. 아시지 요즘 뜨는 숲세권! 주위 환경이 늙은 갈매기에게 아주 그만이에요.”

“갈매기도 늙어요. 늙은 갈매기를 한 번도 본 적이 없어서……”

“갈매기는 금방 늙어요. 채 십여 년도 못 살지요. 그러니 팔구 년쯤 되면 성북동, 여기로 모여들지요”

“처음 듣는 얘기네요. 늙은 갈매기만 모여 살면 참 잔소리도 많고 병원은 또 얼마나 많겠어요. 안 그래요?”

“맞아요. 그래서 젊은 갈매기들은 별로 좋아하지 않지요. 늙은 갈매기 잔소리도 듣기 싫고 또 그들과 먹는 것, 입는 것, 좋아하는 것도 모두 다르니까요.”

“……”

사실 과거 성북동에서 쫓겨난 비둘기들은 목숨을 걸고 새끼들을 가르쳤다. 다시는 그들과 같은 재앙을 겪지 않기 위해서였다. 저들은 굶으면서 소도 팔고 집도 팔아 새끼를 가르치는 개발시대 비둘기가 참 많았다.

밤낮 없이 날기를 가르쳤고 모이를 쫓는 법을 전수했다. 마침내 그 새끼 비둘기들은 애비의 텃세성

DNA를 버리고 백사의 사막에서, 이국의 탄광에서, 포탄이 터지는 전쟁터에서 온몸을 던져 재앙과 배고픔을 해결해 나갔다. 그 후 교육이 잘 된 새끼들은 넓은 바다에서 세계를 종횡으로 누비며 누가 봐도 선글라스가 잘 어울리는 국제 상사맨 갈매기로 변신했다.

그들은 애비와 달리 망망대해에서 멋진 활강으로 모이를 쫓았고 이국에서 새끼들을 키우며 누구도 따라오지 못할 세계 최고의 기술을 가르쳐 내보냈다.

그러나 가는 세월을 누가 막을 수 있나. 이젠 날개에 힘도 빠지고 부리도 헐거워져 조용히 쉴 곳을 찾아 헤매다가 마침내 밤하늘 별이 총총하고 숲이 아름다운 성북동 여기까지 흘러 들어왔을 것이다.

"보세요. 한때는 정말 잘 나가던 갈매기였지요. 백색의 깃털이 눈처럼 빛나고 푸른 물 위를 나는 비행은 누구도 따를 자가 없었지요. 그러나 이젠 틀렸어요. 날개는 퍼드퍼득 힘은 하나도 없고 퇴색된 저 깃털은 누르스름 변해 볼품이 하나도 없잖아요. 그래서 선글라스를 놓지 못해요. 잠시는 가릴 수 있으니까. 사실 저들은 아무것도 모르고 큰소리치고 나대지만 술 취한 그때만 지나면 다시 슬퍼지고 외로워지고…… 그러지요."

"안 됐네요. 난 그것도 모르고. 그런데 이제 개발은

다 끝났겠지요?"

"글쎄요. 여기는 채석장도 없고 더 이상 베어낼 나무도 안 보이는데. 그러나 누가 알아요. 이 아까운 것을 그냥 놓아 둘지. 아직은 나무도 공기도 푸르고 맑으니까. 한번 놀러와 보실래요. 해가 지면 더 좋아요."

"그래요. 조명이 좋은가 보지요."

"아녜요. 별빛이 좋아요. 밤마다 성복천에는 복이 많은 별(星福)들이 쏟아져 내리고 흐르는 물 속에서 소곤소곤 속삭임이 들려오지요. 이따금 그리운 파도 소리도 함께 들을 수 있고요. 달이 뜨면 가까운 소나무 숲에서 몰래 내려온 백로 한 쌍이 살금살금 연애짓도 하고요. 또 하늘에 닿을 만큼 키 큰 접시꽃이 은근한 미소로 달을 유혹하기도 하고 그래요."

"좋으시겠어요. 그러나 상상이 안 되네요."

"네, 그런데 점점 분위기가 이상해지고 있어요. 좋다는 소식 듣고 벌써 장사꾼들이 들이닥쳤으니까요. 거대한 빌딩들이 마구 솟아올라 하늘을 가리고 백화점이다 슈퍼마켓이다 줄줄이 들어선다니, 어떡하지요. 이 불쌍한 갈매기들은 옛 애비들처럼 또 보따리를 싸야 하는 것인지. 이젠 너무 늙어 힘도 빠지고 정신마저 혼미한데…… 요즘 잠이 잘 안 오네요. 그 질기고 질긴 개발의 그림자를 떠올리면."

*김광섭의 제4시집 표제 시(1968). 비정한 현대문명에 파괴되는 자연에
 대한 향수를 그림. '새벽부터 돌 깨는 산울림에 떨다가/ 가슴에 금이
 갔다'는 절창으로 유명

감잎 홍이

"안돼!"

율하의 손이 움찔했다. 풀 속 번쩍번쩍 빛나는 밤톨 두 알에 눈이 반짝 했는데……. 율하는 얼른 뒤돌아보았다.

"뭐야, 아무도 없잖아."

멈췄던 손을 내밀어 밤톨 하나를 다시 집어 들었다. 빛깔이 참 좋다. 짙은 갈색에 크기도 제법 크다. 슬쩍 주머니에 넣는다.

"얘야! 너 그거 네 것 아니야. 도로 내어놓아. 그건 솔이 거야. 얼른 내어놔."

율하가 소리 나는 쪽을 향해 고개를 돌려도 바람에 흔들리는 나뭇잎뿐, 아무도 없다.

그때 흔들리는 나뭇잎 하나가 저를 보고 있는 것 같이 느껴졌다.

"이 봐, 그 밤톨은 다람쥐 솔이의 겨울 양식이야. 너는 집에 먹을 것도 많으니 그냥 놓아두면 안 되겠니? 너같이 예쁘게 생긴 아이가 어찌……"

그제서야 율하는 깜짝 놀랐다. 언젠가 학교에서 배운 적이 있다. 산에서 나는 열매는 겨울을 나는 동물들의 먹이가 되니 따거나 주워서는 안 된다고. 율하는 얼른 주머니에서 밤톨을 꺼내 놓고 흔들리는 나뭇잎 앞으로 다가섰다.

"미안하다. 그런데 지금 누가 나에게 말해 주었지. 참 고맙다 고마워. 깜박했으면 큰 잘못을 저지를 뻔했네."

그때 빨간 나뭇잎 하나가 손을 흔들었다. 다른 잎보다 열 배는 붉게 보였다.

"너니? 아 너도 정말 예쁘게 생겼네. 고맙다. 그런데 네 이름은 뭐지? 나는 율하야. 아홉 살이지. 여기 이 아파트에 살아."

"응. 나는 홍이야. 감나무 잎이지. 나이는 잘 몰라. 감나무는 감이 열려야 나이를 안다는데."

"그런데 밤은?"

"보이지. 내 등 뒤에 있는 나무가 밤나무야. 밤송이 엄마가 밤새 배가 아파 고생하다가 그만 밤톨 두 알을 놓쳐버리고 말았어. 어떡하든 간직했다가 딸 같은 다람쥐 솔이에게 주려 했는데. 아마 내일쯤 솔이가 올 거라고 나보고 잘 지키라 여러 번 부탁했어."

"그랬구나. 걱정마. 솔이는 여자아이인가 보지. 친

구 했으면 좋으련만."

"그래 여자애야. 그러나 자주 못 와. 사람 눈을 피해 야 하니까. 아 세상이 너같이 예쁘고 착한 애들만 있 었으면 얼마나 좋겠니."

"걱정마. 나도 솔이를 위해서 뭐든지 할 수 있었으 면 좋겠다. 그런데 가까이 보니 너도 참 예쁘지만 네 친구들도 정말 곱구나. 아름다워. 좋은 친구가 생겨 너무 좋다. 오래 놀고 싶지만 할머니가 찾을 거야. 오 늘은 그만 갈게. 다음에 또 보자. 홍이야."

그리고 꺼내놓은 밤톨 위에 나뭇잎을 쌓아 아무도 모르게 가려놓고 율하는 돌아섰다.

날씨가 갑자기 추워졌다. 모든 나무들이 추위 속에 서 벌벌 떨었다.

율하가 홍이가 걱정이 돼 놀이터 뒤 숲길로 뛰쳐나 갔다. 나무들 얼굴 위로 백색의 얇은 층이 덮여 잠시 흰 얼굴빛이 됐으나 아침 햇살에 더욱 반짝거렸다. 홍 이 얼굴은 더 붉게 빛났다.

"다행이다. 난 홍이 네가 얼어 죽는 줄 알았어?"

"하하, 걱정 마. 난 처음 경험했지만 밤송이 엄마가 벌써 가르쳐 주었어. 서리가 올 거라고 놀라지 말라 고. 지금은 가을이고 이제 곧 겨울이 올 거라는 것도.

겨울이 오면 이것보다 몇 배는 더 추울 거라는 데……"

율하는 다시 나무들을 올려다 보았다. 아파트 뒷 정원이 빨갛고 노랗게 불타고 있다.

홍이 곁의 결이는 짙은 황색으로 바뀌었고, 란이는 노란 오렌지 색이 되었다. 홍이보다 더 높은 데서 내려다보고 있는 제일 큰 잎, 남이 형은 진보라색으로 변했다. 밤송이 엄마 곁에서 재롱부리던 어린잎 율이는 어느새 누런 황금색으로 물들었다. 율하는 그들이 정말 아름답다고 생각했다.

"아아 너희는 정말 아름답구나. 내가 그림으로 남기고 싶어. 그런데 너희는 한 나무에 매달려 있는데 어떻게 모두 다른 색깔이 되지?"

율하가 궁금해 물었다.

"우린 모두가 달라. 서로 다른 경험을 했어. 우리는 저마다 햇살을 달리 받아들였고 서로가 다른 모습으로 그늘을 만들었어. 그런데 넌 우리가 왜 서로가 다른 색깔을 가지면 안 된다고 생각하니?"

홍이는 서로 다른 것이 당연하다는 듯 말했다. 홍이의 말에 율하는 조금 부끄러웠지만 이처럼 놀라운 것이 가을임을 새삼 알게 되었다.

그러던 어느 날, 아주 이상한 일이 벌어졌다.

예전에 친절했던 산들바람이 마치 화라도 난 것처럼 나뭇가지에서 저들을 떼어내려 요동치기 시작했다. 이 바람에 어린 가지들은 부러지고 나부끼다 멀리 날아가버렸다. 나뭇잎들은 갑자기 공포에 사로잡혔다.

"도대체 이게 어떻게 된 일이야?"

그들은 서로에게 물어 보았다.

"놀랄 것 없어. 그건 가을에 일어나는 당연한 일이야."

남이 형이 조용히 소근거렸다.

"이제 우리 나뭇잎들에게 헤어질 시간이 다가온 거야. 모두들 이것을 죽음이라고 하지."

이윽고 홍이가 매달린 감나무도 점점 알몸이 되어 갔다.

"나는 죽는 게 두려워. 죽은 다음 무슨 일이 생길지 아무도 모르니까."

홍이가 남이 형을 올려다보며 말했다.

"그래, 홍이야. 누구도 모르는 걸 두려워하지. 그건 자연스러운 일이야. 그렇지만 생각해 봐. 넌 봄에서 여름이 될 때는 별로 두려워하지 않잖니. 여름에서 가을이 됐을 때도. 그건 모두 당연한 변화야. 그런데 왜 죽음의 계절, 겨울은 두려워하는 거지?"

홍이는 당연하다 해도 무서운 건 어쩔 수 없다고 느꼈다.

"죽으면 어디로 가는 거야?"

"나도 몰라. 아마 아무도 모를 걸. 그건 굉장한 수수께끼야."

"형, 봄이 오면 우리는 다시 돌아오게 될까?"

"그렇지 않을 거야. 하지만 이 나무의 생명은 계속 이어지겠지."

남이 형은 갑자기 엄숙한 얼굴이 됐다. 그리고 목소리도 굵고 강하게 변했다.

"우리가 겪어왔던 해와 달을 생각해 봐. 우리가 행복했던 시간은 어떻고. 우리가 만든 그늘 속에서 행복한 한때를 보내던 노인들과 아이들을 기억해 보라고. 가을의 그 화려했던 무지개빛도 대단했잖니. 우린 온몸으로 사계절을 맞이했고. 홍이야, 우린 그것으로 충분하지 않니?"

달빛이 곱던 그날 밤. 남이 형은 떠나갔다. 그는 조금도 바둥거리지 않고 아래로 떨어졌다. 헤어지는 순간 형은 행복하게 미소짓고 있는 것처럼 보였다.

"홍이야 안녕! 어쩌면 우리는 또 어딘가에서 만날 수 있을 거야. 그래야 한 나무에서 자란 너와 나는 한

형제이지 않겠니. 그리고 이 나무를 위해 무언가를 해
야지."

　모두가 떠나갔다. 오직 홍이만 남기고.
　옷을 벗은 나무들의 몸 색깔도 점점 검은색으로 변
해 갔다. 홍이도 이제는 떨어져 갈 날이 얼마 남지 않
은 것을 알았다.
　"어쩐 일이야. 그런 애가 아닐 텐데. 율하는 왜 오지
않는 거지?"
　홍이는 율하 같은 착한 애를 보고 싶었다. 어쩐지
율하는 저를 위해 무언가를 해줄 수 있을 거라 생각했
다. 홍이는 율하가 올 때까지는 떨어지지 말아야 한다
고 결심했다. 홍이는 마지막 있는 힘을 다해 버티고
버텼다. 이미 몸은 비쩍 말라 야위었고 손끝도 힘이
빠져 곧 놓칠 것 같았다.
　며칠 후 율하가 나타났다. 발을 붕대로 감고 목발을
짚고서.
　"미안해 홍이야. 발을 다쳐서 올 수 없었어. 병원에
서도 네가 얼마나 보고 싶었는지 몰라.
　꿈에도 네가 나타나곤 했어."
　"그랬구나. 괜찮니? 발을 다쳐 걷지를 못했군. 나는
그것도 모르고……"

홍이의 마른 얼굴에 눈물이 흘러 젖었다.

"됐어. 이제 너를 봤으니 이 손을 놓아도 되겠네. 무척 견디기가 어려웠어."

"그랬구나. 그러나 걱정 마. 우리 홍이를 이 추운 곳에 있게는 안 할 거야. 떨어질 수 있으면 떨어져. 내가 너를 우리집으로 데려가 언제까지나 너를 간직할 거야. 너를 만났던 그날의 일기에 끼워 넣으면 정말 멋있겠다. 아름다운 우리 홍이!"

홍이는 스르르 떨어져 율하 품에 안겼다. 율하 품이 가장 편한 잠자리같이 포근했다.

집에 돌아온 율하는 홍이를 잘 씻고 펴서 홍이를 만났던 그날 일기장에 잘 끼워 간직했다.

그걸 본 할머니가 조용히 타일렀다.

"율하야, 거기가 그 애 자리가 아닌 것 같다. 나뭇잎은 떨어져 스스로 제 몸을 썩혀 저를 낳고 키워준 엄마나무를 크게 키운다는데. 어쩌면 그 애 있을 곳은 네 일기장이 아니라 더 큰 나무를 만들기 위한 엄마나무 밑이 아닐까?"

율하는 곰곰 생각해 봤다. 할머니 말과 함께 떨어져 구르던 홍이 친구들 생각도 났다.

"알겠어요. 할머니. 며칠 갖고 있다 조용히 나무 밑에 갖다 놓을게요. 불쌍한 우리 홍이."

며칠 후 홍이는 그가 처음 있던 엄마나무 밑 흙에
묻혔다. 곁에 누운 남이 형이 빙그레 웃으며 그를 겹
쳐 안았다.

| 해설 | 이인선 시인, 문학평론가

색채 미학과 극적 판타지

색채 미학과 극적 판타지

시집 『천상의 소리』는 시인이자 소설가인 백성의 두 번째 시집이다. 그는 늦은 나이에 등단하여 시집 『백수 선생 상경기』와 스마트소설집 『번트사인』을 상재한 바 있다. 스마트소설은 원고지 30매 내외의 짧은 분량의 소설을 말한다. 짧은 소설은 한눈에 읽을 수 있는 것을 원칙으로 하며 독자들에게 신선한 이미지를 전달할 수 있어야 한다. 콩트 장르가 가진 극적인 반전 효과나 절정강조법을 사용하지 않고, 구성 단계의 결말까지 보여준다. 따라서 사회적 풍자 등을 주제로 채택하는 경우가 많다. 백성은 이번 시집을 모두 4부로 묶었는데, 제4부에는 서사가 있는 시 작품이 주가 된다.

백성의 이번 시집은 초현실주의 기법의 시가 대부

분으로, 가족을 향한 사랑, 노인의 소외문제, 사랑과
이별, 부조리한 사회고발 등 인간과 인생의 다양한 분
야를 터치하고 있다.

다음은 이번 시집의 표제작인 「천상의 소리」다. 시집
의 성격을 가장 잘 드러낸 작품으로 전문을 인용한다.

밥 먹자
부르는
할미의 고함소리

새끼들
목구멍으로
밥 넘어가는 소리

스르르
눈이 감기는
어미의 자장가

그리고 꿈속
광야를 달리는
애비의 말발굽 소리
— 「천상의 소리」 전문

우리는 극도로 아름다운 소리를 들을 때 '천상의 소리'라는 말을 한다. 이 말의 본령은 인위적인 소리를 벗어났다는 데에 있다. 뛰어난 성악가의 노래나 기막힌 조화를 이루는 기악의 소리를 상찬할 경우에 주로 쓰인다. 천상은 그리스도 교인들이 말하는 하늘나라이다. 그만큼 고귀하고 영혼을 구원하는 소리가 바로 천상의 소리다. 이 작품에서 화자는 "밥 먹자" 하고 부르는 할미의 소리를 천상의 소리라고 말한다. 그밖에도 "새끼들 목구멍에 밥 넘어가는 소리"와 "어미의 자장가" 역시 천상의 소리라고 여긴다. 아무래도 화자가 어렸을 무렵에는 언제나 배가 고픈 시기였고, 그것을 기억하는 화자는 배고픔을 벗어나는 곳을 천상으로 알았을 것이다. 그러나 애비는 그런 사소한 가정 일과는 상관없이 항상 민족과 국가를 위해 말발굽 소리를 내며 광야를 내달리곤 했다. 그런 애비의 기상이 오늘날 우리를 천상에 살고 있게 만들었다. 시인의 어린 시절의 경험이 시적 동기가 되었으리라. 따스하고 회고적인 분위기를 전하는 작품이다.

그런가 하면 이와는 전혀 다른 경향을 띤 작품들도 적지 않다.

노란 삼각형

〈

거기 서면 별이 된다
한 번이면 족하다
두 번 설 일이 아니다

죄라면 빛났던 것이 죄다

별이 되기 위해서는 명료한 기억도 중요하지만
똑똑히 기억할수록 훌륭한 별이 되는 것은 아니다
달빛에 양심을 물들일 줄 알아야 빛나는 별이 된다

질문하는 별은 별로 좋은 별이 아니다
무엇을 잘못했는가? 왜 하필 나인가? 그래서 모두 내
탓이라고?

삶은
이 대답에서 구분된다
간혹 지저분하고 후회스러운 지구 여행이 될 수도 있
다

너도
이게 꿈이 아닐지 모른다

서 보라! 바로 앞

저 회전문이 빙글빙글 돌아가고 있는 거기

　—「포토라인」 전문

　이 작품은 직관적 해석을 곁들인 사회화 시다. '포
토라인'처럼 노란 삼각형 안에 사회적 물의를 일으킨
자를 둘러싸고 기자들은 플래시를 터트린다. 질문과
침묵의 신경전이 벌어진다. 천상의 별은 지상으로 추
락하는 별이 된다. 포토라인은 경계선에 위치한 추락
하는 별의 마지막 발광지점이다. 아이러니 기법의 재
해석이 도드라진다. 인생의 황혼기에 지혜자의 눈으
로 성찰한 용기 있는 깨달음이다. 군림하고 빛나던 별
은 '달빛에 양심을 물들인 별'로 몰락을 한다. 가까이
에서 별을 지켜본 관찰자의 눈이다. '질문하는 별'은
좋은 별이 아니다. 회사에서도 질문하는 별은 찍힌다.
'네'라는 순종을 명령받는 사회다. 마지막 행 "저 회
전문이 빙글빙글 돌아가고 있는 거기"에서 범법자는
현장검증 중이다.

　「루왁도 리필이 가능한가요」는 괴기스럽고 시니컬
한 포스트모더니즘 시의 경향을 보여주고 있다. 시의
서사적 구조가 한 편의 연극을 감상하는 것처럼 극적
긴장감을 준다. 또한 고품격 에로티시즘을 보여준다.

여인의 부드러운 혀와 고양이의 암갈색 무늬, 번뜩이는 두 눈이 시에 오르가슴의 커피 향을 우려낸다. 시 전편에 흐르는 나른한 성적 호기심을 자극하는 극적 판타지가 에로틱하다. 감각적 미의식이 도드라지는 작품이다.

> 시간을 무릎 꿇리고
> 겹겹이 쌓인 고뇌의 거미줄을 들추면
> Green on Orange
> 두꺼운 두 색면色面의 경계에서
> 죽은 자의 절규가 Violet으로 잦아들고
> 이글거리는 Red eye가 산자의 증오를 노려보고 있다
> ―「로스코 신전」 부분

「로스코 신전」은 색채 이미지들의 결정이 현란하다. 색깔은 감정과 메시지를 전달하는 기능을 지니고 있다. 이 작품에는 그린, 그레이, 블루, 오렌지, 바이올렛, 레드, 옐로우, 블랙 등 현란한 색깔이 등장한다. 이는 색깔이 지닌 이미지를 추출하기 위한 작업이다. 시에 색깔 이미지를 입히면 감각적 미의식을 지니게 된다. 언어의 스펙트럼 효과를 낸다. ‘Red eye’가 대표하는 ‘산자의 증오’를 노려보는 존재는 신화적 스펙

타클한 구도를 지니고 있다. 로스코의 그림처럼 열정적이다. 죽어서 우상으로 태어나는 자는 신적 존재다. 강렬한 색채감으로 '레드'를 사랑했던 화가의 그림처럼, 위의 시에는 강렬한 엑스터시가 있다. 설렘과 두려움 강한 전투의식이 느껴진다. 인간의 원초적 본능을 자극하는 초현실주의 시다. '색령이 끊긴 심장에서 뿜어내는 선홍빛 피'는 전쟁의 신, 복수의 신이다. 샤갈의 파랑과 대비되는 레드다. 문명한 현대는 계속 자극을 요구하여 더욱 강렬한 터치의 그림과 시를 지향한다. 그것은 사실 두려운 일이다. 현대인의 불안한 정서가 반영된 불완전함이다.

'레드'를 보면 투우사를 향해 돌진하는 스페인 소가 연상된다. 색채 미학에서 빨강은 폭발적인 감정 상태를 나타낸다. 감정을 여과 없이 그대로 폭발시킨 화가 로스코의 그림은 자살로 생을 마감한 강렬함과 통한다. 오렌지는 정신에 이상이 있는 사람이 선호하는 색깔이다. 블루는 감정을 억제한 지적인 색이다. 그린은 안정적인 정서를 주는 색이다. 그레이는 암울한 기분으로 인도한다. 이처럼 시에 나타난 다양한 색채 감각적 요소는 시에 강렬함과 풍성함을 준다.

「축, 외출」은 오랜 고교 시절의 친구들과의 우정을 그린 작품이다. '남복회 벗들에게'란 부제가 붙은 이 작품은 이제 고희가 훌쩍 넘긴 친구들과의 우정과 이젠 설핏 서쪽으로 지려는 저녁노을과 같은 처지에 놓인 구성원 모두의 모습을 아프게 그리고 있다. 친구들도 하나둘씩 세상을 뜨고 있다. 화자는 친구들과 이별하는 지점에 서서 "몇이나 남았나/그 친구 다 놓쳐 버리면/어디 외출할 곳이나 남아 있을까" 하며 안타까움을 토로한다.

「친구의 유년을 따라 나서다」는 충북 괴산의 산막길을 친구와 함께 걸었던 감회를 노래한 작품이다. 괴산은 친구의 고향이다. 산막길은 칠성호 주변을 감싸고 도는 산길이다. 옛날에는 과거를 보는 선비들이 한양으로 가던 지름길이기도 했다. 친구는 고향에서 유년 시절을 보내고 중고교와 대학과정을 서울에서 마쳤다. 한 사람으로서 주어진 책무를 다한 친구였다. 그러나 나라와 사회의 일꾼으로 평생을 보낸 친구도 어느새 노년의 나이에 접어들었다. 화자는 친구의 어려웠던 유년 시절을 생각하면서 "일렁이는 물결/물속 깊이 가라앉은/납덩이보다 더 무거운 세월의 무게를 본다"고 회한에 젖는다. 그 회한은 화자 자신을 향한 것이기도 하다.

「늙은 나비의 변」에서 화자는 "피는 꽃보다 지는 잎들이 더 아름다웠다고/온 자리로 제 몸 돌려주고 간

잎들을 보면"이라고 술회한다. 꽃을 사랑하고 꿀을 사랑했던 청춘기를 지나, 색과 향을 사랑했던 중년을 지나서, 잎과 꽃 진 자리의 의미를 노년기에 발견한다. 몸이 자연으로 돌아가면서 노년기에 자연의 이치를 깨닫는 지혜를 얻는다.

「딸과 딸년과」는 딸과 아버지의 관계성을 부각하고 있다.

그저 딸년들이란
기르는 재미였는가
슬그머니 돌아앉는 심술

아빠 생일 선물
뭐가 좋겠냐는데
돌아보는 아내에게

무슨 쓸데없이 화난 듯 말해도

가슴
저 깊이에서
물결처럼 번지는 딸 향香
―「딸과 딸년과」부분

아버지의 입장에서 본다면, 딸은 '기르는 재미'를 주는 존재다. 그러나 딸이 성장하면, 엄마하고만 밀착되어 있다. 그런 딸을 보면 은근히 섭섭하다. 그러면서도 또 딸에게 다가가는 아버지상을 본다. "가슴/저 깊이에서/물결처럼 번지는 딸 향"처럼 딸은 아빠의 영원한 애인이다. 딸은 부부를 응집되게 하는 촉매 역할을 한다.

시집 제3부는 사랑과 이별의 연작시로 구성되어 있다. 다음 작품은 '사랑'과 '이별'의 감정을 표현한 작품이다.

가랑잎 소리 내어 구르고
종소리 번지듯
달빛 내려앉는 가을 산사山寺

자르고 베어도
차마 잊을 수 없었다고
먼 길 온 사랑 하나 달래 보내고
뒤돌아 돌계단 오르는 젊은 스님
눈가에 흐르는 이슬 같은 번뇌 한줄기

불빛 새어드는 법당

호느끼듯 점점 높아지는 독경 소리에

　　깜짝 놀라 돌아본

　　하얀 섬돌 위

　　누가 놓고 갔나

　　노란 황국

　　한 다발

　　―「황국」 전문

　스님의 장삼과 황국화는 캔버스 위에 그린 수채화처럼 선명하게 대조된다. 인연을 놓아버린 스님의 독경 소리는 밤새 청아하다. 금단의 사랑을 허용할 수 없는 스님의 신분이라도 번뇌는 자유다. 스님이라고 번뇌도 없는 것은 아니다. 이별을 승화로 치유하는 모습에 가슴 아프다.

　이 작품은 냉정과 열정 사이, 절제와 미련 사이, 하얀 섬돌 위에 놓은 황국 한 다발처럼 처연한 색채 미학 구도를 지니고 있다. 스님의 목탁 소리처럼 청아한 이별이다. 그러나 그건 심연의 깊은 상처로 남는다. 스님의 장삼 자락의 넓이처럼 펄럭이며 어둠을 베어낸다. 사랑하지만 이별해야 하는 스님과의 인연은 신부와 수녀의 사랑처럼 금기다. 금기는 열정을 더욱 달

군다. 그러나 그 끝은 비애와 절망이다. 떠나는 자나 보내는 자나 미련이 남을 것이다. 청아한 독경 소리는 스님의 내면의 응고된 아픔이 발현된 프로이트의 방어기제에서 보여주는 승화다. 빗물처럼 사랑이 새겨놓은 발자국은 곧 지워질 것이나, 눈을 감으면 더욱 선명한 얼굴이 다가오리라. 짧은 문장과 색채 감각이 돋보이는 심미적 미의식이 도드라지는 작품이다.

물을 손으로
잡아 본 적이 있는가
물을 손으로
쥐어 본 적이 있는가

물은
잡아지지도 쥐어지지도
않는다
다만 손을 적실 뿐

사랑도 물과 같아
잡아지거나 쥐어지지
않는다
다만 적셔질 뿐

〈

손 대신 가슴이 올올이 젖을 뿐

—「사랑 1」전문

'사랑' 연작의 첫 번째 작품이다. 이보다 사랑의 정체를 절실하게 표현한 작품이 있었던가. 사랑은 우리를 행복하게 만들기 위해 있는 것이 아니라 우리가 고뇌와 인종 속에서 얼마만큼 강할 수 있는가를 자신에게 보이기 위한 존재이다. "사랑의 본질은 정신의 불이다"라는 말이 있다. 이는 사랑의 마음이 얼마나 뜨겁고, 열정적인가를 일깨워 주는 내용이다. 우리는 사랑을 정열이라고 표현한다. 불은 대상을 태운다. 사랑하면 상대를 불붙게 하려고 한다. 그러나 화자는 여기서 사랑을 물이라고 말한다. 사랑은 상대를 태우는 게 아니라 물처럼 적셔주는 것이다. 셰익스피어는 작품「로미오와 줄리엣」에서 "사랑이란 연인의 눈동자에 반짝이는 불도 되고, 연인의 눈물에 넘치는 대해가 되기도 한다"라고 말했다. 화자가 정의하는 사랑은 가슴을 올올이 적시는 물과 같은 존재다.

기차는 늘 떠나는 것

만남은 짧고

헤어짐은 긴 것이므로

앞서거니 뒤서거니
시간대로 떠나고 돌아옴은
그저 허무한 일

별이 되어 만나 다시 별로 돌아가는 길

우리 가는 길
또한 그 길이라면
이제 어떤 역에서도 배웅하지 말자
—「이별 8」 전문

위의 시는 해석적 시각의 체험적 이별관이 선험적이다. 손바닥과 손등처럼 가까이 매일 안부를 묻고 만나던 노년기 친구의 죽음은 허망함을 준다. 누군가 또 떠나고 있다. 노인들은 다음 순서가 불안하다. 죽음은 미지수다. "이제 어떤 역에서도 배웅하지 말자"는 결심은 반어와 역설이다. 역설법을 사용하여 진정성을 실현하고 있다. 시인의 세대는 기차역에서 이별하였다. 전화기도 없던 시절의 아날로그 사랑은 만날 기약도 없다. 그래서 더 절절하고 안타까웠을 것이다.

제4부에 게재된 작품들은 서사를 지닌 시의 형식을 띠고 있다. 다시 말해 산문 형식을 차용한 시가 된다.

「시를 쓴다는 것」은 서사를 품은 산문시다. 원주에 사는 어느 시인은 땅투기로 돈을 많이 번 글쟁이 이야기를 듣고도 자기는 시를 계속 쓰겠다고 말한다. 얄미운 생각이 든 화자인 내가 시인을 향해 "이제 그 투기꾼이 국회의원 출마를 한데"라고 말했다. 역시 그의 대답은 시를 쓰겠다는 것이었다. 나는 다시 고독사한 황병승 시인을 거론했음에도 며칠 후 그에게서 "그럼 어쩌지요? 시를 쓰지 않으면 죽을 것 같은데……"라는 문자가 왔다. 화자는 여기서 과연 문학이란 무엇인가라는 물음에 대답을 던진다. 부자나 국회의원보다도 글을 쓰는 시인이 더 가치 있는 사람이라고…….

「성복동 갈매기」는 김광섭 시인의 「성북동 비둘기」 패러디한 작품이다. 서울 부촌인 성북동과 지리적으로 열세인 성복동은 모든 면에서 대비된다. 그러나 성복천에 비친 별빛은 시인에겐 유토피아다. '성복동 갈매기'는 백성 시인 자신이며, 성복동까지 밀려온 소외된 이들의 집합체를 상징한다. 자연과 환경을 파괴하는 문명을 고발하고 있다. 접시꽃으로 상징한 인간 군상의 면모를 풍자적으로 보여준다.

「화성에 내리는 봄비」는 화성인과 금성인처럼 사는

부부 이야기다. 같은 우주 공간에 살아도, 같은 집에 함께 살아도 오래된 부부는 애인이 아니다. 연애감정이 말라서 감성적으로 교감하지 않는다. 결혼 시간에 비례하여 노년기 부부는 마치 금성 여자와 화성 남자와 마찬가지다. 말뿐 아니라 감정도 서로 소통이 되지 않는 것이다. 그래서 화성 남자는 스스로부터도 소외된다. 이 작품은 부부 권태기 극복의 과정을 그린다. 밀고 당기는 연애가 재치있게 전개된다.

「감잎 홍이」는 동화다. 아홉 살짜리 율하의 눈으로 바라본 나뭇잎의 세상을 아름답게 그렸다. 가을이 되면 나뭇잎은 붉고 누렇게 물들어 땅에 떨어진다. 율하는 알밤 두 개를 주워 주머니에 넣었다가 홍이로부터 밤이 다람쥐 솔이의 겨울 양식이라는 말에 낙엽 속에 묻어준다. 홍이는 감나무 잎이다. 나뭇잎들은 홍이뿐만 아니라 남이, 결이, 란이가 있는데, 모두 다른 색깔로 물들어 있었다. 율하는 그들과 친구가 되고 단풍으로 물들었다가 낙엽이 되면 그게 곧 죽음이란 자연의 법칙을 알게 된다. 이제 홍이만 남기고 모두 떠나갔다. 홍이는 율하를 보고 떠나고 싶지만, 다리를 다친 율하는 한참이 지나서야 홍이를 보러 온다. 마침내 홍이는 율하의 품으로 스르르 떨어졌다. 처음엔 일기장에 홍이를 끼워 두었지만, 나뭇잎은 몸이 썩어 자신을

149

낳은 나무를 키운다는 할머니의 말씀에 엄마나무 밑에 묻어주기로 한다. 아마 시인이 손주를 위해 쓴 듯하다. 율하와 홍이의 서로를 아끼는 마음이 곱게 드러나 있다.

백성의 시는 세밀한 감정의 터치가 조화를 이룬다. 그러면서 시의 행간마다 세상을 걱정하는 선비정신이 있다. 그의 시에는 위로와 치유가 있어 지치고 황폐한 이웃들의 정신과 정서를 힐링하는 치료제가 된다. 따라서 독자들은 이번 시집에서 민감하도록 타인의 행복을 고민하는 시인을 발견할 수 있다.

천상의 소리

1쇄 발행일 | 2021년 02월 25일

지은이 | 백성
펴낸이 | 윤영수
펴낸곳 | 문학나무
편집 기획 | 03085 서울 종로구 동숭4나길 28-1 예일하우스 301호
이메일 | mhnmoo@hanmail.net

출판등록 | 제312-2011-000064호 1991. 1. 5.
영업 마케팅부 | 전화 | 02-302-1250, 팩스 | 02-302-1251
ⓒ 백성, 2021

값 10,000원
잘못된 책은 바꾸어 드립니다
지은이와 협의로 인지는 생략합니다
무단 전재 및 복제를 금합니다
ISBN 979-11-5629-114-5 03810